Giuseppe Notar Colabrese

Il celeste tesoro scoperto per ottenere da Dio qualsivoglia grazia anche nei casi più disperati

Ossequio di pietà in onore dell'apostolo s. Giuda Taddeo

Antigonos

Giuseppe Notar Colabrese

Il celeste tesoro scoperto per ottenere da Dio qualsivoglia grazia anche nei casi più disperati

Ossequio di pietà in onore dell'apostolo s. Giuda Taddeo

Ristampa immutata dell'edizione originale del 1869.

1ª edizione 2024 | ISBN: 978-3-38663-459-5

Antigonos Verlag è un marchio della Outlook Verlagsgesellschaft mbH.

Verlag (Editore): Outlook Verlag GmbH, Zeilweg 44, 60439 Frankfurt, Deutschland
Vertretungsberechtigt (Rappresentante autorizzato): E. Roepke, Zeilweg 44, 60439 Frankfurt, Deutschland
Druck (Tipografia): Libri Plureos GmbH, Friedensallee 273, 22763 Hamburg, Deutschland

IL CELESTE TESORO

SCOPERTO

PER OTTENERE DA DIO QUALSIVOGLIA GRAZIA

ANCHE NEI CASI PIÙ DISPERATI

———

OSSEQUIO DI PIETÀ

IN ONORE DELL' APOSTOLO

S. GIUDA TADDEO

———

A CURA E DEVOZIONE

DI GIUSEPPE NOTAR COLABRESE

AQUILA

TIPOGRAFIA ATERNINA

1869.

Al benigno lettore

Che le vere dovizie si trovano nascoste in seno di Chiesa Santa non vi è intelletto illuminato dalla fede, che ciò non conosca. Ella possiede quel ricco e copioso tesoro, in cui si racchiudono i preziosi e Divini meriti di Gesù Cristo, di Maria SS. e dei Santi tutti; i quali applicati servono di riparo a' nostri bisogni; onde per godere di sì alti beni invito il caro lettore a questo divoto esercizio di pietà verso l' Apostolo S. Giuda, che è soprannominato Taddeo: – Giuda e Taddeo son due nomi che significano lo stesso; il primo è Ebreo, il secondo Siriaco, significano confessore. Egli era fratello di S. Giacomo detto il minore, figlio di Alfeo e di Maria, sì conosciuta nel Vangelo verso la persona di Gesù Cristo. Sono nominati ambidue fratelli del Signore, secondo il costume degli Ebrei, perchè erano parenti della Santa Vergine. S. Girolamo nomina anche S. Giuda Lebbeo che significa Uomo generoso e molto savio, ed il Testo greco di S. Matteo gli dà lo stesso soprannome. Fu eletto Apostolo da Gesù Cristo; portò la parola dell' Evangelio nella Giudea, Galilea, Samaria, Persia, Idumea, Arabia, Siria, Mesopotamia, ed altri popoli gentili ferocis-

simi, ne' quali per la sua predicazione accompagnata da gran virtù e miracoli, migliaja si convertirono alla fede, ricevendo il santo battesimo. S. Gregorio narra che dopo l'ascensione di Nostro Signore, fu egli mandato Ambasciatore in Edessa al re Abgaro. Ha inoltre qual Dottore esimio arricchito la Chiesa coll'Epistola sua Canonica; e dopo aver sopportato con fermezza incomparabile immense fatiche, stenti, sudori e persecuzioni, alla fine da quei barbari con mazzate percosso a morte, si guadagnò la palma del santo martirio.

Questo grande Apostolo per la memoria abborrita del traditore Giuda è stato tenuto finora da molti in nessuna e da pochissimi in degna venerazione; però l'esperienza c'insegna che Iddio vuol concedere le sue grazie, aiuti e favori nei casi anche più ardui e quasi disperati a tutti quei che con divozione particolare a questo gran Santo porgono le loro suppliche: sicchè piamente si può credere che il di Lui culto e patrocinio per special Provvidenza Divina si sia riserbato a tempi nostri. Vi serva questa notizia per vieppiù conoscere il suo gran merito, e vieppiù applicarvi al suo special culto.

PRIMO GIORNO

℣. *Domine labia mea aperies.*
℟. *Et os meum annuntiabit laudem tuam.*
℣. *Deus in adiutorium meum intende.*
℟. *Domine ad adiuvandum me festina.*
℣. *Gloria Patri, etc.*

Amabile Apostolo di Gesù Cristo, S. Giuda Taddeo, giacchè si palesa fin da Dio il piacere che sia invocato il vostro potentissimo nome, per consolazione di noi miseri figliuoli di Adamo: io vi adoro con tutto il mio cuore, e vi supplico non isdegnare ricevere per vostro servo me misero peccatore, che vi offerisco questo breve esercizio di pietà; degnatevi o amabile Santo di gradirlo. Intanto ringrazio Iddio di quanti doni vi fece degno, e vi prometto di amar sempre voi, eleggendovi per mio special Patrono, Padre ed Avvocato presso l'Altissimo; ben sapendo quanto importi l'efficacia del vostro patrocinio. Intanto faccio palesi a voi in questo primo giorno le mie sì spirituali, come temporali necessità; fate mio gran Protettore, che resti consolato il mio afflittissimo cuore: ottenetemi vi prego cognizione viva de' miei peccati, per detestarli, e la remissione di essi, acciò non siano d'impedimento alla grazia speciale che in questo primo giorno vi domando. N. Amen.

Nove *Pater, Ave e Gloria.*

Inno, Litanie, Responsorio e preghiera, come nell'ultimo giorno.

Antiphona. Eccles. 15. v. 1. — Qui timet Deum faciet bona, et qui continens est iustitiae, apprehendet illam, et obviabit illi quasi mater honorificata.

℣. Sancte Juda Patrone fidelissime.

℟. Placato nobis Deum clementiae.

ORATIO

Deus, cuius bonitas et clementia exhauriri non potest, aures benignas famulorum famularumque tuarum precibus inclina et praesta, ut omnes qui te in Apostolo tuo Juda Thaddaeo devote recolunt meritis ejus efficacibus petitionis suae effectum felicem consequantur. Per Christum Dominum nostrum. Amen.

℣. Benedicamus Domino.

℟. Deo gratias. — Fidelium animae per misericordiam etc.

SECONDO GIORNO

℣. *Domine labia mea aperies, ut supra.*

O ammirabile Apostolo del Redentore S. Giuda Taddeo, che per li vostri eccelsi meriti foste tra il numero di coloro che seguivano il Salvatore del mondo Gesù Cristo, eletto alla dignità dell'Apostolato: adoro e ringrazio il vostro Divino Maestro Gesù, per la elezione sortita in persona vostra. Impetratemi, vi prego, che fra la scelta dei mezzi per salvarmi, eligga quelli più opportuni, acciò possa conseguire il fine per cui fui da Dio creato. Vi supplico anche o mio glorioso Santo della grazia N. che per li vostri meriti domando e la spero da Dio. — Amen.

Nove *Pater, Ave e Gloria.*

Inno, litanie, responsorio e preghiera come nell' ultimo giorno.

Antiphona — In medio Ecclesiae aperuit os eius, et implevit illum Dominus spiritu sapientiae et intellectus, et stolam gloriae induit eum.

℣. Sancte Juda Patrone fidelissime.

℞. Placato nobis Deum clementiae.

Oratio etc. *come al primo giorno.*

TERZO GIORNO

Domine labia mea aperies, ut supra.

Gloriosissimo per la parentela di Cristo, Apostolo e Martire degnissimo S. Giuda Taddeo, che con virtù e prodigi molti avete seminato la parola dell' Evangelio tra popoli feroci, e ridottone un numero infinito alla fede di Gesù Cristo. Io con animo divoto vi riverisco come mio specialissimo Patrono ed Avvocato; vi prego abbiate cura di me e delle cose dell' anima mia avanti il Tribunale dell' Altissimo: acciocchè non incorra nel male della colpa, che ho tante volte commesso del quale sempre mi dolgo: ottenetemi dal Signore l' aumento della fede, speranza e carità, e la dolcezza del cuore, la pace di Gesù Cristo, e la grazia Divina in tutte le mie occorrenze, e principalmente in quell' ultimo momento da cui dipende la eternità beata. Il tutto con la grazia particolare che vi supplico N. sia ad onore e gloria di Dio trino ed uno. — Amen.

Nove *Pater, Ave e Gloria.*

Inno, litanie, responsorio e preghiera, come nell' ultimo giorno.

Antiphona. Eccles. 15. v. 2. — Cibavit illum pane vitae et intellectus, ac aqua sapientiae salutaris potavit illum Dominus Deus noster.

℣. Sancte Juda Patrone fidelissime.

℟. Placato nobis Deum clementiae.

Oratio etc. *come al primo giorno.*

QUARTO GIORNO

Domine labia mea aperies , ut supra.

O vero seguace del Redentore grande Apostolo S. Giuda Taddeo , che per piantare la nuova ed evangelica fede non risparmiaste fatiche e sudori, peregrinando regni e province , per compiere il dovere del santo Apostolato: adoro e ringrazio il Figliuol di Dio umanato, del tanto zelo delle anime che vi diede ; impetratemi , vi prego, questo vero zelo dell' anima mia , acciò corrisponda a' lumi del cielo con amor filiale , e sempre tema Iddio e mai più l'offenda. Vi ricordo o Santo mio la grazia N. che per li vostri eccelsi meriti domando. — Amen.

Nove *Pater , Ave e Gloria.*

Inno, litanie, responsorio e preghiera come nell' ultimo giorno.

Antiphona. Eccles. 39. v. 4. — In medio magnatorum ministravit , et in conspectu Praesidis apparuit : in terram alienigenarum gentium pertransiit: bona enim et mala in hominibus tentavit.

℣. Sancte Juda Patrone. fidelissime.

℟. Placato nobis Deum clementiae.

Oratio etc. *come al primo giorno.*

QUINTO GIORNO

Domine labia mea aperies , ut supra.

O luminare maggiore della Chiesa Cattolica , glorioso Apostolo S. Giuda Taddeo, che per mezzo dell' Evangelica predicazione illuminaste le menti d' infiniti Gentili , novelli germi della fede , superando pericoli , vincendo impedimenti : adoro il vostro Divino Maestro della fortezza a voi donata ; ottenetemi vi supplico lo stesso dono, acciò resistendo a tutte le tentazioni dell' inferno , io possa perseverare amando Iddio , fino all' ultimo fiato di mia vita , e la grazia che per li vostri eccelsi meriti domando. N. Amen.

Nove *Pater* , *Ave e Gloria.*

Inno , litanie , responsorio e preghiera come nell' ultimo giorno.

Antiphona. Eccles. 39. v. 11. — Ipse palam fecit disciplinam doctrinae suae , et in lege Testamenti Domini gloriatus est.

℣. Sancte Juda Patrone fidelissime.

℟. Placato nobis Deum clementiae.

Oratio , etc. *come al primo giorno.*

SESTO GIORNO

Domine labia mea etc.

O colonna fermissima e sostegno della novella Chiesa amabile Apostolo S. Giuda Taddeo , che dopo trent' anni di sudori sparsi a prò di quella idolatra gente finalmente esponeste ai tormenti la vita , e per mano di Tiranno la consagraste con una tormentosa morte di bastonate , restando così invittissimo Martire. Vi adoro e ringrazio il vostro Divino Maestro della costanza che vi diede in soffrirla ; ottenetemi vi prego lo stesso dono , acciò soffrendo le contrarietà di questo mondo , più non presuma offendere Iddio che voi tanto amaste e serviste, e la grazia che pei vostri eccelsi meriti domando. N. Amen.

Nove *Pater Ave e Gloria.*

Inno , litanie , resposorio e preghiera , come nell' ultimo giorno.

Antiphona. Eccles. 30. v. 12. — Ipse tanquam imbres emisit eloquia sapientiae suae et in oratione confessus est Domino.

℣. Sancte Juda Patrone fidelissime.

℟. Placato nobis Deum clementiae.

Oratio , etc. *come al primo giorno.*

SETTIMO GIORNO

Domine labia mea etc.

O fedelissimo Custode che pel vostro gran zelo convertiste cuori sì empii , ed otteneste la luce del Vangelo ad uomini sì infelici ; vi supplico ad impetrarmi l' amore verso i miei nemici ed il promuovere col buon esempio la cristiana virtù ne' prossimi miei. Ed avendo voi colla perdita della vostra vita coronato il martirio per acquistare una vita eterna , perciò sommamente mi compiaccio di quel gran giubilo e festa con cui fu accolta l' anima vostra beata dagli Angeli Santi nel Paradiso , e se non posso percepire quanto grande sia la gloria che presentemente godete nel cielo, devo intanto crederla grandissima, perchè grandissimi sono gli onori che il Signore compartisce in terra a chi di cuore vi si affida. E per questo vi prego di rivolgere gli affetti miei tutti verso il Cielo, affin di ottenere il morire in grazia ed amico di Dio, col desiderio di ancora morire per amore e gloria sua, e mi conceda la grazia. N. Amen.

Nove *Pater*, *Ave* e *Gloria*.

Inno, litanie, responsorio e preghiera, come nell' ultimo giorno.

Antiphona. Eccles. 1. v. 12. — Beatus vir qui suffert tentationem, quoniam cum probatus fuerit, accipiet coronam vitae, quam repromisit Deus diligentibus se.

℣. Sanctae Juda Patrone fidelissime.

℟. Placato nobis Deum clementiae.

Oratio etc., *come al primo giorno*.

OTTAVO GIORNO

Domine labia mea etc.

O avvocato dell' anima mia nel finale giudizio, benigno Apostolo S. Giuda Taddeo, che meritaste l' onore di sedere in quel Trono di tanta gloria destinato ai vostri Apostolici sudori: vi adoro e ringrazio il vostro Divino Maestro e nostro Redentore di tanto onore che vi diede, acquistato da voi con tanti meriti: vi prego, fatemi degno del vostro potente patrocinio, mentre che Avvocato pietoso vi adoro quì in terra, per poi dopo la morte godervi glorioso coronato di gloria nel Cielo , e la grazia che per li vostri eccelsi meriti domando. N. Amen.

Nove *Pater* , *Ave e Gloria.*

Inno , litanie , responsorio e preghiera , come nell' ultimo giorno.

Antiphona. Iste Sanctus pro lege Dei sui certavit usque ad mortem, et a verbis impiorum non timuit ; fundatus enim erat super firmam petram.

℣. Sancte Juda Patrone fidelissime.

℟. Placato nobis Deum clementiae.

Oratio etc. , *come al primo giorno.*

NONO GIORNO

Domine labia mea etc.

Santissimo Apostolo e fedelissimo discepolo di Gesù Cristo S. Giuda Taddeo , da questo punto ed in ogni momento del mio vivere confermo a voi la promessa che nel primo giorno vi feci , di rifugiarmi sotto il vostro altissimo patrocinio, e per mio potentissimo Avvocato vi trascelsi ; ora vi prometto di volere a tutti predicare la vostra santissima vita apostolica e sequela costante praticata col Divino Redentore ; e siccome accorreste colla vostra dottrina , santitá e miracoli a liberare dalla infedeltà tanti sommersi nel paganesimo, così vi supplico interporre la vostra efficace intercessione presso Dio per me miserabile peccatore, acciocchè pei vostri meriti io possa esser libero dalla infedeltà dell' anima contratta con tanti miei peccati ; e poichè ora mi ritrovo nella presente angustia ed avversità (quì si esprime il bisogno) deh! interponetevi presso l'Altissimo, perchè io ne sia liberato , ed il mio cuore non solo alleggerito rimanga da quest' amarezza, ma inoltre di gaudio spirituale mi si riempia , affinchè con allegrezza e pace io possa seguitando le vostre gloriose pedate servire al nostro Dio. S. Apostolo Giuda Taddeo adesso che il vostro nome adoro e riverisco e nel vostro patrocinio altamente confido, non vogliate sdegnare le mie calde preghiere e fervorosi clamori ; e mentre a voi ricorro come Padre degli afflitti e consolatore degli abbandonati, soccorretemi vi prego. Vi muovano a tenerezza le mie lagrime , esaudite le mie voci , proteggetemi, difendetemi , aiutatemi ora e nel punto della mia morte , acciocchè con voi eternamente possa amare e benedire il nostro clementissimo Dio. Amen.

Nove *Pater , Ave e Gloria.*

Tre altri *Pater , Ave e Gloria* alla SS. Trinità in ringraziamento delle grazie compartite all'amabile Apostolo S. Giuda Taddeo.

Oremus , *come nel primo giorno.*

Indi ciò che segue.

HYMNUS

AD HONOREM DIVI JUDAE THADDÆI

Ave o Judas inclite
    Nimis Deo amabilis :
    Tu splendor S. Ecclesiæ
    Et pastor gregis vigilans.
De clara stirpe Davidis
    Surgis ut astrum fulgidum ;
    Christi sectator humilis ,
    Apostolorum gloria.
Thaddæum nomen Regium ,
    Forti animo virum indicat :
    Vocatus et Leunculus ,
    Metu Minoris Asiæ.
Rugitus acer ac fremens
    Formidat , terret Tartarum ,
    Expellit , fugat haereses ,
    Tuusque zelus ignifer.
Seleuciamque fertilem ,
    Divina luce radians ,
    Notis ornasti Insignibus ,
    Idumaeam et Arabiam.
Regi pio ac forti Abgaro
    Pia indicasti Dogmata
    Ac in sacro baptismate
    A te renatus etiam.

Fons Charitatis fervidae,
    Caelestes flammas effluens,
    Tot efferarum gentium
    Dira inflammasti pectora.
Pro Christo in Persa sanguine
    Dogma munisti fidei
    Ostri corona fulgidus
    Tua clara cingis tempora.
Aegrique, caeci ac debiles
    Restituuntur sospites
    Ac aequor, ventus, Sidera
    Tuo praestant obsequio.
Ad Judam cuncti currite,
    Confugite vos pauperes,
    Si optatis esse divites
    Apertus est thesaurus.

Antiphona. Zaccaria L. V. 14. — Ecce candelabrum aureum totum, et lampas eius super caput ipsius, et septem lucernae eius super illud .. et duae olivae super illud, una a dextris lampadis et una a sinistris ejus.

℣. Nimis honorati sunt amici tui Deus.

℟. Nimis confortatus est principatus eorum.

OREMUS

Deus qui inter Apostolorum Collegium B. Iudam Thaddæum Apostolum sociasti et ad patranda mira inter gentes sublimasti, concede ut sicut amabile eius nomen et merita in Ecclesia veneramur, sic de eius protectione muniti in necessitatibus nostris levamen sentiamus. Per Christum Dominum nostrum. Amen.

LITANIE DEL SANTO

Kyrie eleison
Christe eleison.
Kyrie eleison.
Christe audi nos.
Christe exaudi nos.
Pater de coelis Deus.   mis. nobis
Fili Redemptor mundi Deus   mis.
Spiritus Sancte Deus   mis.
Sancta Trinitas, unus Deus   mis.
Sancta Maria   ora pro nobis.
Sancte Juda Thaddaee Jesu et Mariae con-
    sanguinee   ora.
Sancte Thaddaee, qui Sanctissimas Personas
    Jesum et Mariam videre, earumque suavi
    colloquio frui dignus fuisti   ora.
Sancte Thaddaee, qui a Christo ad dignita-
    tem Apostolatus evectus es   ora.
Sancte Thaddaee, qui dulcissimo Magistro
    tuo Christo, summa cum verecundia pe-
    des lavandos porrexisti   ora.
Sancte Thaddaee, qui in ultima coena san-
    ctissimam Eucaristiam e manibus dilectis-
    simi Magistri summa cum reverentia su-
    scepisti   ora.
Sancte Thaddaee, qui mortem Christi amare
    deplorans post Resurrectionem Eum gau-

· diosissime coelos conscendere vidisti ora.
Sancte Thaddaee, qui in Pentechoste cum
coapostolis tuis Spiritu Sancto repletus es ora.
Sancte Thaddaee, qui Christo in coelos ascen-
dente, in Persidem ad barbaras Nationes
Evangelio imbuendas Te contulisti. ora.
Sancte Thaddaee qui doctrina tua innumeros
infideles ad veram Religionem perduxisti ora.
Sancte Thaddaee qui Spiritus Sancti virtute,
maxima prodigia patrasti ora.
Sancte Thaddaee, qui regis Abgari animam
ab infidelitate, corpus a leprae contagione
mundasti ora.
Sancte Thaddaee, qui Divina virtute daemo-
nes in Idolis elingues fecisti, Magorum-
que praestigias confudisti ora.
Sancte Thaddaee, qui belli Duci Baradach
pacem cum hostibus prospere componen-
dam vaticinatus es ora.
Sancte Thaddaee, qui serpentibus ne veneno
homines inficerent potestatem ademisti ora.
Sancte Thaddaee, qui spretis impiorum minis,
verae fidei dogmata impavide tradidisti ora.
Sancte Thaddaee, qui tandem pro Christi no-
mine fustibus occisus, sanctum vitae cur-
sum consummasti ora.
Sancte Thaddaee nos clientes tui ora.
Ut precibus tuis Rectoribus Ecclesiae, cun-
ctisque Christianis catholicae fidei zelum et
constantiam obtinere digneris. Te rog. audi nos.
Regi nostro omnibusque Principibus Christianis pacem, concordiam et ad hostes debel-
landos vires impetrare digneris Te.
Ut Deus meritis tuis haereticos ac ethnicos ad
veram fidem convertere dignetur Te.

Ut fidem, spem et charitatem in nobis au-
gere digneris   Te.
Ut pravas cogitationes, omnesque Daemonis
insidias a nobis avertere digneris   Te.
Ut omnes honori tuo devote addictos tutela
tua fovere digneris   Te.
Ut eos a peccatis eorumque occasionibus prae-
servare digneris   Te.
Ut eos ante obitum venerandis Sacramentis
digne expiari facias   Te.
Ut eos in agone confortare, et contra Dae-
monum incursus defendere digneris   Te.
Ut blandam eis Judicis faciem benignamque
sententiam exorare digneris   Te.
Ut eos in regionem viventium gaudiis aeter-
nis potituros introducere digneris   Te.
Agnus Dei qui tollis peccata mundi. Parce no-
bis Domine.
Agnus Dei qui tollis peccata mundi. Exaudi nos
Domine.
Agnus Dei qui tollis peccata mundi. Miserere
nobis.

Antiphona — *Come in fine dei rispettivi giorni.*

RESPONSORIUM

SANCTI JUDAE THADDAEI

Thaddaee gloriosissime
    Qui Apostolatus munere
    Aras evertens daemonum
    Fidem fundasti sanguine.

Nobis fer opem coelitus
    Contra conatus hostium,
    Et vitae in rebus asperis
    Tibi devotos protege.

Qui Jesu Nomen iugiter
    Ore gessisti et pectore,
    Da nobis isto in Nomine
    Pericla cuncta evadere.

Nobis fer etc.

Qui Syros, Persas, Arabes
    Sacro lavasti flumine
    Fac nos purgatos sordibus
    Coeli potiri gaudiis.

Nobis fer etc.

Gloria Patri etc.

Nobis fer etc.

℣. Sancte Juda Thaddaee Apostole pro nobis ora.

℟. Et a periculis cunctis libera nos omni hora.

OREMUS

Deus qui per Sanctum Judam Thaddaeum gloriosum coram Te Apostolum, sed in mundo propter nefandum Judae proditoris nomen parum cultum hoc saeculo celebrem facere, eumque in rebus desperatis et periculosìs specialem Patronum constituere dignatus es, concede propitius, ut Ejus apud Te intercessione gratiam digni inveniamus, ac in periculis positi, ab iis, Te miserante, eripiamur. Per Christum Dominum nostrum. Amen.

PREGHIERA AL SANTO

Felicissimo Comprensore del Paradiso e Stella lucidissima del firmamento, e mio caro, potentissimo Avvocato S. Giuda Taddeo, non è bastevole ad esprimere la mia lingua il sommo giubilo che sperimenta il cuore per la gloria immensa che voi godete nel beato Regno della pace in seno a Dio; nè può la mia mente capire l'ineffabil torrente di piacere, da cui siete inebriato nel cielo dal giustissimo Iddio, affin di ricompensare i vostri gran meriti e le eroiche imprese e fatiche vostre, per aver suggellata finalmente col martirio quella Fede, che tanto aveste a cuore di propagare e diffondere tra gente barbara ed idolatra. Vi sta pur bene o zelantissimo Apostolo , quella corona di giustizia che dalle mani del Signore riceveste. Tutto già questo ed assai più che io non so capire ed esprimere, e che formerà per tutti i secoli il vostro beato godere cagiona in me il più piacevole contento per vedervi in quella felice magione a sì atto e sublime posto allogato da Dio ed innalzato. Ringrazio e benedico la SS. ed Individua Trinità per avervi fatto sì grande in Cielo e sì potente in terra ; e perciò ardisco io umile e riverente da questa miserabile valle di lagrime inchinarmi alla vostra grandezza, tributarvi i miei ossequii, e con divoto culto adorarvi. Non vi dimenticate intanto tra i luminosi chiarori della vostra gloria da quel sublime Trono di grandezza di versare e diffondere le ricchezze dei più scelti favori. Siavi a cuore , o amabilissimo Santo , ed appoggio sicuro delle fiducie più tenere dell' anima mia, l' unico ed importante affare della mia eterna salvezza , e di soccorrermi nelle mie miserie e travagli : ottenetemi dal Signore grazia di piangere i miei trascorsi errori. Siatemi di sollievo ed aiuto ne' miei più intrigati affari e disperati casi : concedetemi pur anche lena e vigore da proclamare le vostre lodi immortali , i vostri meriti eccelsi e la valevole e potentissima vostra efficacia pe' bisogni tutti presso Iddio : affinchè dalla vostra protezione assistito e difeso in questa vita, e ne' più ardui cimenti confortato e soccorso , e con specialità nel punto della mia morte, venga anch' io a godere colassù quella gloria somma , in cui ora senza fine per sempre vi beate. Amen.

℣. Ora pro nobis S. Juda Thaddaee.

℞. Ut digni efficiamur , etc.

OREMUS

Deus , qui nos per beatum Apostolum tuum Judam Thaddaeum ad agnitionem tui nominis venire tribuisti , da nobis Eius gloriam sempiternam et proficiendo celebrare, et celebrando proficere. Per Christum Dominum nostrum. Amen.

℣. Benedicamus Domino.

℞. Deo gratias.

℣. Et fidelium animae per misericordiam Dei requiescant in pace.

℞. Amen.

FINE.